ラヴ・ユー・フォーエバー

ロバート・マンチ 作　乃木りか 訳　梅田俊作 絵

岩崎書店

　おかあさんは　うまれたばかりの　あかちゃんを　だっこしています。
ゆっくり、やさしく、あやしています。
ゆらーり、ゆらーり、ゆらーり、ゆらーり。

　そして、あかちゃんを　だっこしながら、
おかあさんは　うたいだします。

アイ・ラヴ・ユー　いつまでも
アイ・ラヴ・ユー　どんなときも
わたしが　いきている　かぎり
あなたは　ずっと　わたしのあかちゃん

あかちゃんは　大きくなります。どんどん、どんどん
大きくなります。大きくなって、2さいに　なりました。

2さいのぼうやは　いえじゅうを　はしりまわり、
ほんだなのほんを　ぜんぶ　ひっぱりだし、
れいぞうこの　なかのものを　みんな　だしてしまいます。
そして、おかあさんの　とけいを
トイレにながしてしまいました。

ときどき、おかあさんは　さけびます。

「この子のせいで、
きがくるいそうだわ！」

　でも、よるになり、2さいのぼうやが　ねむりにつくと、
おかあさんは　ぼうやのへやの　ドアをあけ、
そうっと　ベッドのところまで　ちかづいていくのです。
そして、ぼうやが　ぐっすり　ねむっているのを　たしかめると、
ぼうやを　だっこします。
ゆらーり、ゆらーり、ゆらーり、ゆらーり。
そして、おかあさんは　うたいだします。

アイ・ラヴ・ユー　いつまでも
アイ・ラヴ・ユー　どんなときも
わたしが　いきている　かぎり
あなたは　ずっと　わたしのあかちゃん

ぼうやは　大きくなります。
どんどん、どんどん、大きくなります。
大きくなって、9さいに　なりました。
9さいのおとこの子は、ゆうごはんなんて　いらない、
おふろなんか　だいきらい。
そして、おばあちゃんがくると、
いつでも　わるいことばを　つかいます。
ときどき、おかあさんは　おもいます。
「こんな子、どうぶつえんにでも　うっちゃいたいわ！」

でも、よるになり、9さいのおとこの子が　ねむりにつくと、
おかあさんは　おとこの子のへやの　ドアをあけ、
そうっと　ベッドのところまで　ちかづいていくのです。
そして、おとこの子が　ぐっすり　ねむっているのを　たしかめると、
おとこの子を　だっこします。
ゆらーり、ゆらーり、ゆらーり、ゆらーり。
そして、おかあさんは　うたいだします。

アイ・ラヴ・ユー　いつまでも
アイ・ラヴ・ユー　どんなときも
わたしが　いきている　かぎり
あなたは　ずっと　わたしのあかちゃん

おとこの子は　大きくなります。
どんどん、どんどん、大きくなります。
大きくなって、ティーンエイジャーに　なりました。

ティーンエイジャーの　しょうねんは
へんな　ともだちを　つくり、へんな　ふくをきて、
へんな　おんがくを　きいています。

ときどき、おかあさんは　おもいます。
「まるで　どうぶつえんに　いるみたいだわ！」

でも、よるになり、しょうねんが　ねむりにつくと、
おかあさんは　こどものへやの　ドアをあけ、
そうっと　ベッドのところまで　ちかづいていくのです。
そして、こどもが　ぐっすり　ねむっているのを　たしかめると、
その　大きな　大きな　こどもを　だっこします。
ゆらーり、ゆらーり、ゆらーり、ゆらーり。
そして、おかあさんは　うたいだします。

アイ・ラヴ・ユー　いつまでも
アイ・ラヴ・ユー　どんなときも
わたしが　いきている　かぎり
あなたは　ずっと　わたしのあかちゃん

しょうねんは　大きくなります。
どんどん、どんどん、大きくなります。
大きくなって、おとなに　なりました。
おとなになった　むすこは、いえをでて
となりまちに　すむように　なりました。

でも、よるになり、あたりが　まっくらになると、
ときどき　おかあさんは　くるまにのって、
となりまちまで　でかけるのでした。

そして、もし、むすこのいえの　あかりが　すべて　きえていたら、
おかあさんは　しんしつの　まどをあけ、
そうっと　ベッドのところまで　ちかづいていくのです。
そして、むすこが　ぐっすり　ねむっているのを　たしかめると、
その　りっぱな　おとなになったむすこを　だっこします。
ゆらーり、ゆらーり、ゆらーり、ゆらーり。
そして、おかあさんは　うたいだします。

アイ・ラヴ・ユー　いつまでも
アイ・ラヴ・ユー　どんなときも
わたしが　いきている　かぎり
あなたは　ずっと　わたしのあかちゃん

そして、おかあさんは、としをとりました。
どんどん、どんどん、としをとっていきました。
あるひ、おかあさんは
むすこに　でんわをかけて、いいました。
「あいに　きてちょうだい。
すっかり　としをとって、
げんきが　なくなってしまったわ」

むすこは　おかあさんに　あいに
いきました。おかあさんのへやに
はいろうとすると、
おかあさんは　うたを　うたおうと
しているところでした。

アイ・ラヴ・ユー　いつまでも
アイ・ラヴ・ユー　どんなときも

でも、そのあとを　つづけることが
できません。
おかあさんは　すっかり　としをとって、
げんきが　なくなってしまったので、
もう　うたうことが　できないのでした。

むすこは　おかあさんのへやに　はいりました。
そして、おかあさんを　だっこしました。
ゆらーり、ゆらーり、ゆらーり、ゆらーり。
そして、むすこは　うたいだしました。

アイ・ラヴ・ユー　いつまでも
アイ・ラヴ・ユー　どんなときも
ぼくが　いきている　かぎり
あなたは　ずっと　ぼくのおかあさん

そのよる、じぶんのいえに　かえった　むすこは、
しばらくのあいだ、
しんしつのまえで　たちどまっていました。

　それから、へやに　はいりました。
そこには、まだうまれたばかりの　おんなの子が　ねむっています。
かれは、あかちゃんをだっこして、
ゆっくり、やさしく、あやしだしました。
ゆらーり、ゆらーり、ゆらーり、ゆらーり。
　そして、あかちゃんを　だっこしながら、うたいました。

アイ・ラヴ・ユー　いつまでも
アイ・ラヴ・ユー　どんなときも
ぼくが　いきている　かぎり
おまえは　ずっと　ぼくのあかちゃん

ラヴ・ユー・フォーエバー

ロバート・マンチ㊢ 乃木りか㊟ 梅田俊作㊡

1997年9月30日第1刷発行　2004年12月10日第39刷発行

（発行者）
岩崎弘明
（発行所）
株式会社**岩崎書店**
〒112-0005東京都文京区水道1-9-2 電話03-3812-9131［営業］ 03-3813-5526［編集］ 振替00170-5-96822
（印刷所）
株式会社**光陽メディア**
（製本所）
株式会社**福島製本印刷**
（写植）
バグ・フリーク
（装幀）
羽島一希

 ISBN4-265-80081-5 NDC 930
岩崎書店ホームページ http://www. iwasakishoten. co. jp
ご意見ご感想をお寄せ下さい。e-mail:hiroba@iwasakishoten. co. jp